AUGUSTE BUCHOT.

LES RUINES

DE FAUCIGNY

POÊME

COURONNÉ PAR L'ACADÉMIE DE SAVOIE.

Prix : 1 Franc

TOURNON

Imprimerie et Lithographie de J. Parnin

MDCCCLXXVIII

Y

LES RUINES DE FAUCIGNY

Auguste Buchot.

LES RUINES

DE FAUCIGNY

POÊME

COURONNÉ PAR L'ACADÉMIE DE SAVOIE.

TOURNON

Imprimerie et Lithographie de J. Parnin

22, RUE BOURBON, 22.

MDCCCLXXVIII

A MES AMIS DU FAUCIGNY

A MES AMIS DU FAUCIGNY

A vous, mes bons amis, que j'ai laissés là-bas, dans cette magnifique vallée de l'Arve où s'est écoulée la meilleure et la plus riante saison de ma jeunesse, à vous ces pages que m'ont inspirées les merveilles de la nature grandiose au milieu de laquelle vous vivez.

J'aurais voulu vous offrir une gerbe. En attendant mieux, prenez cette fleurette cueillie, par un jour de soleil, dans les crevasses de la vieille ruine qui domine votre vallée. Elle me rappelle des jours printanniers où l'on entrait dans la vie en conquérant, où l'on n'en soupçonnait ni les déboires, ni les lassitudes. Elle vous rappellera un ami sincère et tenace, que ne vous ont enlevé ni les quatre années, ni les deux cents lieux qui nous séparent.

A défaut d'autres, ces souvenirs seront son parfum.

A. Buchot,

La Réole, le 24 mars 1878.

LES RUINES

DE FAUCIGNY

Avez-vous vu parfois, quand c'est fête au village
Et quand sur le chemin pavoisé de feuillage
Serpente un long cortège au son des chants divins,
Avez-vous vu parfois les petits chérubins,
Enfants vêtus de blanc, aux figures vermeilles,

Jetant à pleines mains les fleurs de leurs corbeilles
Si fort et si longtemps que, lorsqu'ils ont passé,
Le chemin du cortège en est tout tapissé ?

Quand Avril rajeuni sourit et nous ramène
Son soleil radieux avec sa tiède haleine,
On est tenté de croire en passant dans les champs
Qu'il conduit avec lui de ces troupes d'enfants,
Invisibles lutins vidant, infatigables,
Des corbeilles de fleurs toujours inépuisables,
Tant l'air est embaumé de suaves senteurs,
Tant les prés sont ornés d'éclatantes couleurs !
Des fleurs, des fleurs partout ! Des fleurs dans la campagne,
Des fleurs dans les vallons, des fleurs sur la montagne,
Dans l'herbe, dans les bois, sous les sapins altiers,
Dans les buissons touffus qui bordent les sentiers !
Le zéphyr mollement balance l'aubépine
Qui de ses blancs festons couvre sa noire épine ;
Il ravit son parfum à la timide fleur
Qui sous l'herbe a voilé chastement sa pudeur,
Et révèle aux enfants par sa brise indiscrète

Quel buisson fortuné cache la violette.
Primevère plus fière et brillant au soleil
Dilate hardiment son beau regard vermeil ;
On dirait, à la voir au milieu des pervenches,
La sultane au milieu des courtisanes blanches.
L'anémone a levé son front aux cent couleurs ;
Les grands arbres au loin disséminant leurs fleurs
D'une neige odorante ont blanchi la verdure ;
La Nature est en fête : elle fait sa parure !
Jeune toujours, elle a, triomphant des hivers,
D'un rayon de soleil rajeuni l'univers.
Elle est partout riante et partout elle est belle ;
Mais il est cependant une terre à laquelle
Elle a voulu garder et prodiguer toujours
Ses dons les plus heureux, ses plus brillants atours.

Elle voulut avoir, la déesse féconde,
Un sanctuaire auguste et fameux dans le monde,
Un temple colossal, sublime et merveilleux
Où viendraient l'adorer ses amants radieux.
Elle prit dans son sein immense, inépuisable,

L'horrible, l'effrayant, le gracieux, l'aimable,
Ses pics les plus affreux, ses plus sinistres monts,
Ses abîmes les plus noirs et les plus profonds,
Ses glaciers hérissés, ses neiges éternelles,
Ses vallons les plus verts et ses fleurs les plus belles,
Ses cascades aux flots bruyants et furieux,
Ses ruisseaux les plus purs et les plus gracieux,
Ses marbres les plus beaux, ses rocs les plus arides,
Ses sommets les plus fiers, ses lacs les plus limpides ;
Elle unit tout cela de sa puissante main,
Et mêlant, sous un ciel éclatant et serein,
L'horreur à la beauté, le vertige à la joie,
Dans un moment d'orgueil elle fit la Savoie !
Elle mit à ce temple un dôme colossal
A triple cime, avec cent monts pour piédestal !

Oh ! quand la neige enfin fait place à la verdure
Dans ces mille vallons que chérit la Nature,
Quand sur ces frais coteaux Avril nouveau-venu
Se glisse en frissonnant, tout vermeil et tout nu,
Oh ! j'aime la Savoie et ses vertes campagnes ;

Les arbres suspendus aux flancs de ses montagnes,

Prêts à livrer à l'air qu'on boit à pleins poumons,

La feuille et les parfums qu'enferment leurs bourgeons ;

Sur les côteaux penchés la course échevelée,

Le roc dur à gravir, et l'étroite vallée,

Et le torrent fangeux qui gronde dans un lit

Que ses flots ont creusé, que l'avalanche emplit,

Et les monts dont la cime étincelle et se dore

Quand la plaine au matin est noire d'ombre encore !

Oh ! j'aime à parcourir sur les roides versants

Les sentiers rocailleux peu connus des passants,

A me perdre, rêveur, dans la forêt profonde,

A suivre du torrent la course vagabonde,

A gravir la colline où l'on voit tant de fleurs,

Tant de bosquets sacrés, de sites enchanteurs ;

Où l'on recueille tant de pervenches bleuâtres,

D'hémistiches riants et de rimes folâtres,

Que l'on croirait fouler le chemin du vallon

Qu'habitent les neuf sœurs, que chérit Apollon !

De contemplations charmantes, grandioses,

De soleil, de parfums, d'azur, de mille choses
Le poëte s'enivre ; et la Muse en chemin,
Rêveuse, à chaque pas trouve un riche butin ;
Si bien que cette course où se plait la pensée
Pour elle est un poëme et vaut une Odyssée.

C'est ainsi que j'errais sans but, suivant un jour
De l'Arve aux flots impurs le sinueux contour,
Cet empire bruyant de la Nymphe orageuse
Que Chénier dans ses vers nommait injurieuse.
J'écoutais du torrent l'onde éparse mugir
Et je cherchais des yeux quelque roche à gravir.
Je choisis le côteau qu'un roc altier surmonte.
La verdure au-dessous, semblable au flot qui monte,
Envahissait ses flancs jusqu'au pied du rocher
Et sur le dur granit cherchait à s'accrocher.
Au-dessus du charmant se dresse le terrible :
De hauts murs, couronnant la cime inaccessible,
Sont demeurés debout, vestige colossal
D'un manoir, suzerain du Faucigny vassal.
C'est là qu'il s'élevait jadis, roi des vallées

Pour diadème ayant quatre tours crénelées,
Pour trône le sommet sublime et sourcilleux,
Les pieds dans le granit et le front dans les cieux !
Le colossal servait de base au formidable ;
La force pour rempart avait l'inabordable !

Maintenant le colosse expire lentement :
Ses débris un à un s'écroulent tristement,
La ronce et les lézards ont occupé sa cime
Et ses superbes tours ont roulé dans l'abîme.
Le ciel perce à travers ses remparts écroulés
Par la destruction de nouveau crénelés.
Maintenant ce n'est plus que désert et décombre ;
C'est la vaste ruine, austère, grise et sombre,
Etrange solitude où l'on aime à venir
Demander au passé quelque vieux souvenir.
Car l'ombre de ces murs de mystère est remplie,
Et toujours le mystère aide la rêverie.
Aussi je résolus d'escalader ces rocs
Et d'aller un instant rêver sous ces vieux blocs ;
Et je suivis, pensif, en gravissant la pente,

Les détours sinueux du sentier qui serpente,
Où jadis, luth au dos et chevelure au vent,
Quelque joyeux trouvère a dû marcher souvent,
Repassant les exploits des paladins antiques
Ou de maître Renard les ruses diaboliques.
J'avais pour compagnon de route, frais et gai,
Un ruisseau dont il faut souvent passer le gué :
Tantôt sur les cailloux son onde molle et pure
Venait battre mes pieds avec un doux murmure ;
Tantôt elle courait par cascades, par bonds,
Comme font les enfants mutins et vagabonds.

Puis il fallut quitter le sentier plein d'ombrage
Que hêtres et sapins couvrent de leur feuillage,
Et le ruisseau jaseur et son flot turbulent,
Pour gravir le roc nu sous le soleil brûlant.
Aussi, quand j'eus enfin escaladé ces rampes,
La sueur me collait les cheveux sur les tempes ;
Mais le vent qui soufflait sur le sommet du mont,
Etait plein de fraîcheur en passant sur mon front.
Oh ! savez-vous combien elle est pure, éthérée,

La brise qui frémit sur la cime azurée ?
Savez-vous quelle extase et quel orgueil vainqueur
Vous grandit la pensée et vous hausse le cœur
Quand vous avez posé le pied sur la colline
Au sommet escarpé d'où le regard domine ?
Oh ! lorsque, revenant d'un carnage lointain,
Gorgé de sang, chargé de gloire et de butin,
Quelque hardi seigneur, suzerain des vallées,
Arrivait triomphant sous ses tours crénelées,
Qu'il voyait, — aussi loin que le regard s'étend, —
Ses montagnes verdir sous le ciel éclatant,
Ses coteaux tapissés de grappes et de gerbes,
Et ses serfs bien courbés, et ses troupeaux superbes,
Oh ! quel orgueil terrible, immense et souverain
Devait gonfler son cœur sous sa cotte d'airain !
Il me semblait le voir appuyé sur sa lance,
Le châtelain bardé de fer et d'arrogance,
Debout sous les hauts murs de son puissant castel
Dont les créneaux formaient des brèches dans le ciel.

C'est ainsi que rêvant, assis sur une pierre,
J'évoquais le passé dormant dans sa poussière ;

Et, laissant mon esprit tout aux illusions,

Mes pensers s'animant devenaient visions :

De sorte que je fis des rêves fantastiques

Peuplés de revenants et de choses antiques.

Sur sa base de roc le château-fort altier

Comme dans ses grands jours se dressait tout entier

Avec ses hauts créneaux, ses tours et ses murailles

Où souffla si souvent l'orage des batailles.

Des archers se tenaient debout sur les remparts ;

D'autres jouaient aux dés, sur la pelouse épars.

Le manoir était plein de chants et d'allégresse :

Autour du noir portail les fleurs en longue tresse

Serpentaient, et les chiens dans le parc verdoyant,

Joyeux et bien repus, couraient en aboyant.

Dans la salle à manger antique, pleine, immense,

Un grand festin offrait la coupe d'abondance

Aux convives joyeux, aux nobles chevaliers

Ayant pour un instant quitté leurs boucliers ;

Aux dames qu'on nommait très-hautes, très-puissantes,

Aux damoiselles qui, douces, obéissantes,

Conservaient pour l'hymen un cœur prêt à l'amour

Sous un sein arrondi par un divin contour.

Le vin brillant coulait dans les coupes brillantes

Imprimant le sourire aux lèvres sémillantes ;

Et les propos joyeux, gais enfants du festin,

Aux lèvres des buveurs coulaient comme le vin.

Puis, — tandis que mon rêve étrange se déroule, —

Je me trouve soudain mêlé dans cette foule.

Je portais fièrement la toque de velours,

Le luth, le justaucorps coquet des troubadours :

J'étais jeune; mon sein palpitait. D'un air tendre

Les dames, souriant, se penchaient pour m'entendre ;

Car je chantais des vers doux et mélodieux,

Et ma voix était belle et mon front radieux.

D'abord, pour m'animer, j'invoquais les auspices

De ces divinités aux poëtes propices :

« Muses saintes, disais-je, à vous mes premiers chants !

Car ma lyre sans vous resterait sans accents ;

Car sans vous rien n'est beau, rien n'est grand sur la terre ;

Rien ne peut nous toucher et rien ne peut nous plaire !

« On dit que le Seigneur ayant fait l'univers
Et peuplé d'habitants les forêts et les mers,
Un lourd sommeil de plomb pesait sur la nature,
Sur la nature inerte et sur la créature.
Alors du haut du ciel, du ciel pur et serein,
Parurent les neuf Sœurs se tenant par la main,
Et, par leurs doux accords animant l'air et l'onde,
D'un premier tremblement ébranlèrent le monde....

« Et, se levant alors de son premier sommeil,
L'homme sentit son cœur bondir à son réveil ;
Le soleil resplendit et les sources jaillirent,
Sous le vent du matin les verts bosquets frémirent,
Les airs furent émus des chansons des oiseaux
Et le flot premier-né gémit dans les roseaux ;
La vierge aux longs cheveux qu'agitait le zéphyre
A son premier amant fit son premier sourire ;
Un long tressaillement, vaste et mystérieux,
Répondit aux accents des neuf filles des cieux ;
Alors, aux doux accents de leur sainte harmonie,
Naquirent deux jumeaux : l'Amour, la Poésie ! » —

Puis je dis les combats, les guerriers valeureux,
Les Paladins ardents et les coursiers fougueux,
Les casques pourfendus, le fracas des armures,
Et le sang qui jaillit à grands flots des blessures ;
Rolland percé de coups, qui sonne en vain du cor,
Les monts et les forêts tremblant de son effort,
Et le roc qui gémit sous son glaive fidèle,
Et l'acier qui résiste et d'où sort l'étincelle.

Puis, après les combats, je célébrais l'Amour,
Tyran du chevalier, tyran du troubadour,
L'Amour maître des cœurs, qui retient dans ses chaînes
Tant de vaillants guerriers, tant de dames hautaines,
Et qui, pour nous charmer, inspire tant de chants,
Tant de rondeaux joyeux et tant d'accords touchants.

Aussi, lorsque mon luth se taisait, les convives,
Tous, guerriers attentifs et dames attentives,
Par mille cris bruyants exaltaient mes concerts
Et disaient que j'étais chéri du dieu des vers.

Je ne sais quelle enfant, vierge blonde et vermeille,
Avec un long regard timide, à mon oreille
S'inclinait, et sa voix murmurait : « Troubadour,
Je t'en prie, oh ! dis-nous encor tes chants d'amour. »
Et moi je regardais la blonde damoiselle
Inclinée, et croyais en la voyant si belle,
En entendant sa voix si douce murmurer,
Qu'une Muse du ciel venait pour m'inspirer.
Et mes lèvres alors s'entrouvraient pour sourire,
Et tremblaient. Je ne sais ce que j'allais lui dire,
Quand la scène changea soudain, et le manoir
Redevint brusquement morne, sinistre et noir...

Adieu, chants et festins ! Adieu, la damoiselle
Dont la voix est si douce et la taille si belle !
Adieu, gais entretiens ; adieu, propos courtois ! —
Allons, preux chevaliers, aux armes !... Les Bernois
Accourent à l'assaut, pleins d'une ardeur farouche,
La rage dans le cœur et l'insulte à la bouche !
Car leur haine est ancienne, et, comme un flot mouvant,
Leur armée à vos murs se brisa bien souvent.

Allons ! fiers châtelains, revêtez votre armure !
Vous avez à venger plus d'une vieille injure ! —

Mais déjà les archers ont garni les remparts,
Et le fer et l'acier brillent de toutes parts.
Dans les machicoulis la poix fume et bouillonne.
Voilà les assaillants !... C'est l'assaut qui se donne !
C'est l'assaut effréné, c'est l'assaut infernal
Qui se cramponne aux flancs du donjon colossal !
Déjà contre les murs les échelles se dressent ;
Déjà les assaillants comme un torrent se pressent,
S'élancent sur le bois qui gémit sous l'effort
Et rencontrent partout et le fer et la mort.

J'entendais le tumulte affreux, les cris d'alarmes,
Les râles des mourants, le choc bruyant des armes ;
Et je voyais parfois des échelles crouler
Et sur le roc sanglant les assaillants rouler.
Puis ce fut la sortie irritée et subite
Qui du portail étroit part et se précipite ;
Puis ce fut la mêlée aux flots tumultueux,

Les luttes corps à corps, les défis orgueilleux,
L'acier frappant l'acier d'où jaillit l'étincelle,
Et les casques brisés, et le sang qui ruisselle;
Et puis les assiégés pressant les assiégeants...

J'assistais, dans mon rêve, à ces combats géants ;
Je revivais au temps des cuirasses trempées,
Des armures de fer et des grands coups d'épées.
Oh ! oui, c'était le temps des héros, des Bayards ;
Quand l'audace pouvait tenir lieu de remparts,
Quand les champs de bataille étaient des champs de gloire
Où toujours la valeur enchaînait la victoire !
Oh ! les combats alors étaient grands ! Les guerriers
Pouvaient se comparer à des chênes altiers !
Il fallait plus d'un coup à ces hommes superbes ;
On ne les fauchait pas comme on fauche des gerbes !
Mais dans ces temps heureux où le Progrès vanté
De tant d'inventions dote l'Humanité,
Ce qui règne et triomphe en nos champs de bataille,
Ce n'est plus le courage, hélas !... c'est la mitraille !
Les hommes ne sont plus que des objets sans nom

Allignés à la gueule horrible du canon ;
Et dans les rangs épais que la foudre terrasse
Le lâche et le vaillant occupent même espace ;
La mort qui vient de loin ne les distingue pas,
Et tous deux en tombant ont le même trépas !
Que le chef capitule et livre son armée,
Le courage est captif, l'audace est désarmée !
Soyez vaillant et fort entre tous les soldats,
Oh ! soyez Spartacus, soyez Léonidas,
Puis que siffle une balle ou que tonne une bombe,
Et la valeur expire et l'héroïsme tombe !...

Oh ! quand la France était sous les pieds des bourreaux,
Combien se sont levés autour de ses drapeaux !
Oh ! combien sont partis, défenseurs héroïques,
Aussi grands, aussi fiers que des guerriers antiques,
Frémissant de colère et jurant de venger
La patrie abattue en proie à l'étranger,
Et, même avant d'avoir signalé leur vaillance,
Soudain, frappés de loin, sont tombés sans vengeance !
Oh ! gloire à ces martyrs sans nom, à ces héros

Qui sont morts sans combat, qui dorment sans tombeaux !
Gloire à ces dévouements généreux qu'on oublie,
Hélas !

. . . .

Quand je sortis de cette rêverie
Profonde, le soleil de son dernier reflet
Dorait la haute cime où la brise soufflait.
Les vieux murs qu'il frappait de ses rayons obliques
Projetaient sur le roc des ombres fantastiques,
Et la sombre ruine où s'engouffrait le vent
Rendait un bruit semblable au râle d'un mourant.

Alors je descendis la colline escarpée,
De mes songes récents l'âme encore occupée,
Et retrouvai bientôt le sentier rocailleux
Et le ruisseau jaseur aux flots capricieux.
Puis, plus bas, au détour du sentier qui serpente
Je fis une rencontre imprévue et charmante :
C'était une fillette au corsage élancé

Qui revenait des bois, légère, au pas pressé.
Je la voyais glisser blanche sous la verdure,
Livrant au vent du soir sa longue chevelure
Et tenant dans sa main un énorme bouquet.
Cueilli dans le gazon parfumé du bosquet.

Tous deux nous avions fait du butin sur les cimes ;
Mais elle en rapportait des fleurs... et moi des rimes.

Imprimé

PAR J. PARNIN

22, RUE BOURBON, 22

A TOURNON.

www.ingramcontent.com/pod-product-compliance
Lightning Source LLC
Chambersburg PA
CBHW060911180626
46818CB00004B/1913